Tadpole Books are published by Jump!, 5357 Penn Avenue South, Minneapolis, MN 55419, www.jumplibrary.com

Copyright ©2020 Jump. International copyright reserved in all countries. No part of this book may be reproduced in any form without written permission from the publisher.

Editor: Jenna Trnka **Designer:** Michelle Sonnek **Translator:** Annette Granat

Photo Credits: IrinaK/Shutterstock, cover; Eric Isselee/Shutterstock, 1; FotoRequest/Shutterstock, 3; Grafissimo/iStock, 2mr, 4–5; Protasov AN/Shutterstock, 2tl, 2br, 6–7; pixelworlds/Shutterstock, 2tr, 8–9; Liudmila Gridina/Shutterstock, 2ml, 10–11; Biosphoto/SuperStock, 12–13; NHPA/SuperStock, 2bl, 14–15; Holger Kirk/Shutterstock, 16.

Library of Congress Cataloging-in-Publication Data
Names: Nilsen, Genevieve, author.
Title: Veo saltamontes / por Genevieve Nilsen.
Other titles: I see grasshoppers. Spanish
Description: Minneapolis, MN: Jump!, Inc., (2020) | Series: Insectos en tu jardín | Includes index. | Audience: Age 3–6.
Identifiers: LCCN 2019000466 (print) | LCCN 2019001846 (ebook) | ISBN 9781645270027 (ebook) | ISBN 9781645270010 (hardcover: alk. paper)
Subjects: LCSH: Grasshoppers—Juvenile literature.
Classification: LCC QL508.A2 (ebook) | LCC QL508.A2 N5518 2020 (print) | DDC 595.7/26—dc23
LC record available at https://lccn.loc.gov/2019000466

VEO SALTAMONTES

por Genevieve Nilsen

TABLA DE CONTENIDO

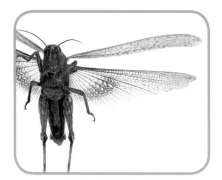

alas

césped

comen

patas

saltan

vuelan

VEO SALTAMONTES

Veo saltamontes.

pata

¡Saltan!

Las grandes patas traseras ayudan.

Vuelan.

ala

Las alas ayudan.

Aterrizan en el césped.

10

Comen.

Frotan sus patas con sus alas.

¡Cri-cri! ¡Cri-cri!

¡Se van saltando!

¡REPASEMOS!

Los saltamontes saltan. También vuelan y comen. ¿Qué está haciendo este saltamontes?

ÍNDICE